Die Märchen der 12 Feen

Liebe Märchenfreunde,

die Märchen der 12 Feen wurden mir in wohlgesinnten Stunden geschenkt. Ich möchte Sie an diesem Geschenk teilhaben lassen und wünsche mir, dass diese Märchen auch Ihr Leben bereichern.
Viel Freude beim Lesen!

Bibliographische Information Der Deutschen Bibliothek:
Die Deutsche Bibliothek verzeichnet diese Publikation in
der Deutschen Nationalbibliografie; detaillierte
bibliografische Daten sind im Internet über
http://dnb.ddb.de abrufbar.

Herstellung und Verlag:
Books on Demand GmbH, Norderstedt

ISBN 3-8334-4200-X

Der Rabe krächzt laut, fliegt von seinem Lieblingsbaum hinunter zu der Höhle, bei der im Sommer zwischen grünen Moospolstern eine klare Quelle sprudelt. Jetzt liegt Schnee dort und das Wasser der Quelle hat eine zauberhafte Märchenlandschaft aus Eis geformt. Die Bäume neben der Höhle sehen mit ihren Schneemützen wie Zwerge aus.

„Nun wird es spannend!", denkt der Rabe.

Er sieht den feinen Glitzerstaub der Feen in der Luft und hört die silbernen Glöckchen. Bis in die letzte schwarze Schwungfeder spürt er die Anwesenheit der Feen.

Alle sieben Jahre treffen sie sich hier in dieser Höhle und erzählen sich ihre Geschichten. Kein menschliches Auge hat jemals diese wunderbare Amethysthöhle gesehen, kein Wesen stört hier den Frieden.

Es ist die Zeit der heiligen Tage und die der sagenumwobenen Raunächte.

Der Rabe lässt sich auf einem Wacholderbusch nahe bei einer Felsspalte nieder und schaut aufmerksam in die Höhle hinein.

Gerade kommt die zwölfte Fee angeflogen, schüttelt ein paar Schneekristalle aus ihren Haaren, sodass der Feenstaub in der violett glitzernden Höhle nur so herumwirbelt.

„Schön, dass ihr schon da seid", spricht sie, „und dank der Feuerzwerge ist es auch warm hier!"

In der Mitte der Höhle flackert das Feuer erwartungsvoll, und die Feen machen es sich auf den seidig glänzenden Diwans bequem.

Die Fee im königsblauen Kleid eröffnet das Treffen mit den Worten: „Herzlich willkommen zu unserem allsiebenjährigen Fest! Wie immer erzählt eine jede von uns die Geschichte, die ihr am meisten ans Herz gegangen ist. Nun, lasst uns beginnen!"

Doch bevor irgendeine der zwölf Feen auch nur einen Atemzug holen kann, rauscht es am Höhleneingang und die 13. Fee erscheint, ganz zerzaust und in voller Fahrt. Eilig schüttelt sie die Schneeflocken von ihrem Umhang, holt sich den letzten Diwan aus der Ecke und sprudelt los: „Also, heute fange ich mal an: Graue, bedrohliche Wolken schoben sich über das Schloss, Blitze zuckten vom Himmel herab und erhellten die düstere Szene. Der Wind heulte und zerrte an den Bäumen und knickte etliche Blumen. Regen peitschte auf die Erde, als wolle er alles wegschwemmen. Alle Tiere hatten sich verkrochen."

„Stopp!", ruft die Fee mit dem königsblauen Gewand. Sie ist nämlich die Älteste und die Vorsitzende, falls es bei den Feen so etwas überhaupt gibt. Jedenfalls holt sich so manche Fee auch mal einen Rat von ihr.

„So geht das nicht! Komm erst einmal hier richtig herein und zur Ruhe und trag uns den Frieden nicht davon. Wir sind hier doch nicht bei den Menschen, wo der Lauteste das Sagen hat! Erste Fee, beginne mit deiner Geschichte."

Die 13. Fee grummelt vor sich hin, lehnt sich aber dann doch zurück und lauscht.

❀

Der traurige Garten

Es war einmal ein wunderschöner Garten, mit vielen Blumen und Tieren, Freude und Leben.
Alle waren glücklich und zufrieden und konnten ihr Leben richtig genießen. Ein Bach floss lustig über die Steine springend dahin, in der Sonne spielten die Goldfische im Wasser.

Zwischen den Rohrkolben sausten bunt schillernde Libellen hin und her und die Schwalben zwitscherten ihre Lieder. Auf einem Baum hockten einträchtig ein Wiedehopf und ein Specht und holten sich die Leckerbissen unter der Rinde hervor

Ein wahrhaft friedliches Paradies!

Eines Morgens erwachte der Bach und er war recht schlecht gelaunt. Missmutig dachte er bei sich: „Alle fliegen hin und her, so wie sie wollen, nur ich muss immer in ein und dieselbe Richtung fließen, das ist doch sehr ungerecht!" Und er steigerte sich so sehr in seinen Zorn hinein, dass er das Fließen ganz vergaß. Als er das bemerkte, da freute er sich, und wenn er gekonnt hätte, dann hätte er sich sicher die Hände gerieben! „Das ist ein Spaß! Endlich mache ich auch einmal das, was ich will. Das ist wahre Freiheit!"

Ja, und so vertrocknete er, und mit ihm alles Leben drumherum. Die Goldfische suchten eilig das Weite, die Libellen schwirrten fort, und alle anderen Tiere folgten ihnen. Als die Bäume und die Blumen keinen lieben Besuch mehr bekamen, da wurden sie immer trauriger und lebloser. Nach einiger Zeit stellten sie ihr Wachstum ganz ein, irgendwie glichen sie bald den Kulissen einer Theaterbühne. Alles hohl und Pappmaché!

Aus dieser Trauer und der Leblosigkeit entstand so nach und nach ein feines Gespinst, wie ein grauer Stoff. Er wurde immer dicker und dichter und wölbte sich schließlich wie eine Kuppel über diesen Garten.

Kein Sonnenstrahl kam durch diesen grauen Mantel der Trauer, kein Wind spielte mehr mit den Zweigen der Bäume, kein Laut war zu hören, es war still, ganz still. Alles lag wie unter einer dicken Watteschicht.

Plötzlich bewegte sich etwas, in Mutter Erde regte sich Leben.

Da war nämlich gerade ein Engerling dabei, sich nach fünf langen Jahren endlich in einen Maikäfer zu verwandeln.

Juhu, es war soweit!

Der Maikäfer, Max war sein Name, buddelte sich durch die Erde hinaus ins Freie. Erwartungsvoll blinzelte er in die Sonne, doch was war das? Es gab keine Sonne, ja es sah ganz trostlos aus, alles grau in grau!

„Oh je", brummte Max, „das fängt ja gut an!"
Er krabbelte zu einem kleinen Baum und begann sein erstes Frühstück. Jahrelang hatte er sich ausgemalt, diese saftigen zarten Blättchen zu verspeisen, doch nun schmeckte dies hier wie alte Pappe!

Enttäuschung kroch Max in das kleine Maikäferherz. Alles war völlig anders als in seinen Träumen.

„Und eine Stimmung ist das hier, wie im Grab!",
schimpfte er. „Da möchte man doch gleich wieder unter die Erde und weiterschlafen!"

Ganz stark zog es ihn dorthin, doch dann be-
schloss er, wenigstens fliegen zu lernen. Das
klappte auch auf Anhieb und er flog, einigerma-
ßen besänftigt, hin und her. Doch platsch! Er
war gegen eine weiche Stoffwand geflogen, lan-
dete auf dem Rücken und strampelte mit den Bei-
nen.

„Na so was", staunte er, „das ist das Ende der
Welt und ich dachte immer, die wäre viel grö-
ßer!"

Er konnte es nicht glauben und so flog er an
dieser Wattegrenze entlang und umrundete den
ganzen Garten. Kopf- und fühlerschüttelnd kam
er wieder bei seinem Ausgangspunkt an.

Da er nicht mehr weiter wusste, fragte er Mutter
Erde um Rat. Und die Erde erzählte ihm die Ge-
schichte von dem traurigen Garten.

„Was ist denn da zu tun?", fragte Max.

„Wenn du drei Tage und drei Nächte lang singst,
und das aus vollem Herzen, dann löst sich das
graue Gespinst auf und das Leben kann wieder
erwachen!"

So sprach Mutter Erde.

„Ein Maikäfer und singen, ha, ha, höchstens
brummen kann ich!", rief Max.

„Dann wünsche dir einen Freund herbei, einen,
der dir dabei hilft", sagte die Erde, „du weißt ja,
alle Wünsche, die von Herzen kommen, gehen in
Erfüllung!"

Max sinnierte hin und her und da erinnerte er

sich, dass Frösche so herrliche Konzerte geben.
Und so wünschte er sich ganz fest einen Frosch
als Freund, aber keinen alltäglichen, sondern es
sollte schon ein ganz außergewöhnlicher sein!
„Quak!" Da saß plötzlich ein grüner Frosch
neben ihm, der hatte ein goldenes Krönchen auf
dem Kopf. Max begrüßte ihn voller Freude und
erklärte ihm, was zu tun sei, um den Garten von
seinem Zauber zu befreien.
Sein neuer Freund begann sogleich, seine Stim-
me zu erheben, und so quakten und brummten sie
beide nach Herzenslust.
Bald hatte irgendeine höhere Macht ein Einse-
hen, denn drei Tage und drei Nächte hätte nie-
mand dieses einmalige Konzert ausgehalten!
Und so fiel der graue Stoff wie von Zauberhand
auseinander und war verschwunden.
Die Sonne schickte ihre ersten Strahlen und der
Wind begrüßte die Blätter und Äste. Eine kleine
Wolke schenkte ihre Wassertropfen und der Bach
begann wieder zu fließen.
Die Tiere kehrten wieder zurück, die Goldfische,
die Libellen, die Schwalben, der Wiedehopf und
der Specht. Die Bäume streckten ihre Wurzeln
tief in die Erde und reckten ihre Kronen zum
Himmel. Die Blumen freuten sich über die Sonne
und über Max, ihren ersten Besucher. Alles Le-
ben war in den Garten zurückgekehrt und damit
auch die Freude.
Der Frosch bezog eine Wohnung direkt am Bach

und er quakte jeden Abend so laut, dass der Bach nie mehr das Fließen vergaß. Oft saßen die beiden Freunde zusammen und philosophierten über die Welt im Einzelnen und das Leben im Besonderen. „Die ganze Welt ist eine Bühne", brummte der Maikäfer. „Und das Leben ist ein einziges Theater!", schloss der Frosch.

 „Ganz nette Geschichte", spricht die 13.Fee, „aber hört mir zu! Also: Das Schloss stand inmitten der tosenden Elemente und war grau und leblos wie schon seit vielen Jahren. Es trotzte allen Stürmen und bebten auch mal seine Mauern, es stand..."

Weiter kommt sie jedoch nicht.

„Moment, immer schön der Reihe nach! Jetzt ist die Fee aus dem Regenbogenland dran."

Die 13. Fee schmollt, aber was soll sie machen?

Vom Maulwurf,
der den Regenbogen suchte

Ein kleiner Maulwurf lebte innerhalb einer gro-
ßen Maulwurfsfamilie unter der Erde. Wie alle
anderen scharrte er die Erde mit seinen rosafar-
benen Schaufelhändchen und -füßchen zur Seite,
um die Gänge zu graben und die allseits belieb-
ten Maulwurfshügel zu bauen. Diese Arbeit stell-
te ihn nicht zufrieden, obwohl es ja alle so mach-
ten. Manchmal war er sogar richtig unglücklich.
Eines Tages belauschte er zwei Käfer, kurz bevor
er sie verspeisen wollte. Sie unterhielten sich
über die Farben der Welt, über Sonne, Regen
und über einen bunten Regenbogen! „Ein bunter
Regenbogen", dachte er bei sich, „wie der wohl
aussieht?" Er überlegte so angestrengt, dass er
ganz vergaß, die Käfer zu fressen.
Er fragte seine Eltern nach den Farben der Welt
und sie sagten ihm übereinstimmend, dass da
wohl nur grau und schwarz gemeint sein könn-
ten. Und von einem bunten Regenbogen hätten
sie nie gehört, so etwas gäbe es bestimmt nicht!
„Kinderkram", knurrte der Vater und grub ge-
schäftig weiter; auch die Mutter wandte sich
wieder den wirklich wichtigen Dingen des Lebens
zu.
Da beschloss der kleine Maulwurf, über der Erde
nachzufragen, wo denn dieser bunte Regenbogen
sei und vor allem, wie er ihn sehen könne.

Er begab sich auf Wanderschaft. Die Insekten machten sich eilends davon, wo er auch auftauchte. Da er jedoch bei Tageslicht nichts sah, ließ er sie in Frieden.

Er tappte immer weiter, bis ihn ein großer Vogel ansprach. Es war ein Falke und der fragte ihn, wohin er denn gehe.

Der Maulwurf sagte: „Ich möchte den bunten Regenbogen besuchen. Weißt du, wo der ist?"

„Ich weiß das schon", antwortete der Falke, „der ist am Himmel, wenn die Sonne scheint und es gleichzeitig regnet." Er beschrieb alle Farben, doch der Maulwurf konnte sich nichts vorstellen, und sehen konnte er ja nicht. Da gab ihm der Falke den guten Rat, sich doch erst einmal eine Brille zu besorgen. Das tat der kleine Maulwurf sogleich und nun sah er einen klitzekleinen Lichtschimmer, aber mehr nicht.

Er wanderte weiter und bekam noch viele gute Ratschläge auf seinem Weg. Einmal begegnete ihm eine gefräßige Heuschrecke. Die sagte ihm, er könne sicher besser sehen, wenn er ganz viel essen würde. Daraufhin stopfte unser Maulwurf alles in sich hinein, was nur hineinging. Er wurde dick und fett, so dass er sich kaum noch bewegen konnte, nur besser sehen, das klappte immer noch nicht.

Ein flinker Salamander sagte ihm, als er sein Leid klagte: „Ist ja kein Wunder, dass du nichts siehst! Du bist ja so fett, dass deine Augen ganz *zugewachsen sind!"*

Also hungerte sich unser Maulwurf mühselig seine Pfunde herunter, doch sehen konnte er immer noch nicht.

Endlich gelangte er zu einer alten weisen Eule. Die verriet ihm eine Übung, um besser sehen zu können: „Du musst sieben Stunden am Tag in die Sonne schauen, ohne zu blinzeln, nach drei Tagen kannst du dann sehen."

Der kleine Maulwurf freute sich und starrte drei Tage lang sieben Stunden mit weit aufgerissenen Augen in die Sonne. Danach schien es ihm ein bisschen heller, aber das war auch alles.

Am Abend des dritten Tages packte ihn die Wut! Er warf die Brille weg, trampelte auf ihr herum und schimpfte auf alle, die ihn zum Narren gehalten hatten, wie er glaubte. Als er sich beruhigt hatte, murmelte er vor sich hin: „So, jetzt gehe ich nur meiner Nase nach. Ich pfeife auf Brillen und andere gute Ratschläge!" Und er marschierte los und sang ein lustiges Liedchen.

Bald kam er zu einer Lichtung, da lagerte so manches Getier: Schnecken, Käfer, Spinnen und vieles andere. Der kleine Maulwurf fragte die Tiere, worauf sie denn warteten und sie antworteten ihm: „Dort vorne ist eine Höhle, und darin ist ein langer Gang. Am Ende des Ganges ist ein schweres Holztor, und dahinter, da ist das Wunschland. Dort werden all unsere Wünsche erfüllt. Allein bringt jedoch keiner das schwere

19

Tor auf, wir schaffen es nur gemeinsam. Aber wir sehen alle nichts im Dunkeln. Wir warten hier auf einen, der uns führt."

Der kleine Maulwurf spürte, dass er hier am richtigen Platz war, und er watschelte in die Mitte der Lichtung. Dort rief er: „Ich werde euch in diese Höhle führen, folgt mir einfach!"

Und sie machten eine ganz lange Reihe, ergriffen Füßchen, Fühlerchen und was sonst noch zum Greifen war, um sich nicht zu verlieren. Der Maulwurf ging durch die Höhle in den langen Gang hinein. Bald kamen sie zu dem Tor.

Jedoch, oh Wunder, es war gar kein Holztor! Es waren lauter blaue, luftige Schleier. Ganz leicht konnten sie das Wunschland betreten. Und als der kleine Maulwurf angekommen war, da spürte er, wie es ihm ganz warm in der Brust wurde. Mitten in seinem Herzen leuchtete ein bunter Regenbogen auf, strahlend und schön. So schön, wie er ihn mit seinen Augen niemals hätte sehen können.

Vor lauter Freude weinte er, denn er war nun am Ziel: Sein Herzenswunsch hatte sich erfüllt. Von da an lebte er glücklich und zufrieden bis an sein Lebensende. Das Bild des bunten Regenbogens trug er immer in seinem Herzen.

Allen erzählte er freudig davon, er ließ jeden an seinem Glück teilhaben!

 **A**ls die Fee vom Regenbogenland ihre Geschichte beendet, hat sie Tränen in den Augen.

Die 13. Fee schnauft laut: "Glücklich bis ans Lebensende, wo gibt es das denn! Ich erzähle euch nun eine wirkliche, eine wahre Geschichte. Wie weit war ich? Nun, das Schloss stand wie festgewurzelt."

„Kennst du nach all den Jahren immer noch nicht unsere Regeln?", unterbricht sie die Fee in dem königsblauen Gewand streng. „Die Reihenfolge wird durch das Los bestimmt, jedoch gibt es eine Ausnahme. Diejenige, die zu spät kommt, muss bis zum Schluss warten, bis sie ihre Geschichte erzählen darf. Und außerdem haben unsere Geschichten auch immer noch einen tieferen Sinn, es sind nicht nur Schauermärchen!"

„Damit kannst du mich nicht meinen", kreischt die 13. Fee, „das mit dem tieferen Sinn und so. Ihr habt doch schon lange keine Geschichte mehr von mir gehört, da ich bei den letzten zwölf Treffen nicht dabei war. Ich habe eben immer soviel zu tun, weil ich alles in Schwung bringen muss, deshalb bin ich immer in Eile. Aber diesmal habe ich mir die Zeit genommen und schenke euch eine tolle Geschichte!"

„Es ist schön, wenn du Zeit hast, denn jetzt ist die neunte Fee an der Reihe."

Der Schäfer auf der Himmelswiese

Er steht am Rande der Wiese und schaut liebevoll auf seine Herde. Er ist voller Ruhe und Zufriedenheit, raucht sein Pfeifchen und stützt sich auf seinen Stab. Hier auf der Himmelswiese gibt es keine Hirtenhunde, sondern der Schäfer lenkt und behütet alle seine Schafe mit den Gedanken und den Gefühlen. Er spürt gleich, wenn etwas nicht in Ordnung ist und wenn irgendein Schaf etwas braucht. Dann sendet er seine Gedanken hin und unterhält sich innerlich mit seinem Schaf. Er fragt es, was es sich wünscht und versorgt es dann liebevoll. Das Schaf fühlt seine Liebe und seine Fürsorge. Tiefer Friede erfüllt sein Herz und es fühlt sich wieder ganz geborgen.

Dann kehrt der Schäfer wieder in sich zurück, raucht sein Pfeifchen weiter, stützt sich auf seinen Stab und ist eins mit sich und der Welt.

„Das war ja schön kurz, da kann ich jetzt weitermachen!", verkündet die 13. Fee. „Ich fülle ja nur die Lücke. Von dem Schloss habe ich euch schon erzählt. Ihr habt ja alle viel Phantasie, dann könnt ihr es euch sicher gut vorstellen.

Nun geht es weiter: Plötzlich fuhr ein mächtiger Blitz in die eiserne Wetterfahne, die auf dem höchsten Turm hin- und herschwang und ohrenbetäubend quietschte. Es war, als würde der Blitz das ganze Schloss durchzucken und auf einmal tanzten hellblaue Irrlichter auf den Mauern. Eine Frau..."

„Jetzt habe ich aber wirklich genug!" Die älteste Fee ist entrüstet. „Du solltest dir mal wieder den Feen-Ehren-Kodex zu Gemüte führen. Vielleicht erinnerst du dich ein wenig daran: Andere ausreden lassen, achten, nicht bewerten, dem Guten dienen und was sonst noch so alles geschrieben steht. Aber ich will nachsichtig sein, da du schon so lange nicht mehr in unserer Gemeinschaft warst."

Sie schnauft ungehalten, wendet sich dann jedoch freundlich einem blonden Glitzerwesen in einem wunderschönen grünen Kleid zu.

„Und nun lauschen wir der Fee mit dem Diamantgürtel. Mit welcher schönen Geschichte möchtest du uns erfreuen?"

Die angesprochene Fee setzt sich gerade auf, schließt kurz ihre Augen und erhebt ihre klare, feine Stimme.

Der Diamantenbaum

Zwei Spatzen lebten einmal in einem Garten. Sie tschilpten mit den anderen Piepmätzen fröhlich vor sich hin, badeten im Sand und freuten sich ihres Lebens. Eines Tages zogen dunkle Wolken auf, die Sonne verdunkelte sich, es begann zu regnen und zu stürmen. Am Anfang war es ganz lustig, doch je länger die Sonne wegblieb und der Regen andauerte, desto trauriger und ängstlicher wurde die Stimmung in dem ganzen Garten.

Die Blumen ließen die Köpfe hängen, die Weide trauerte, die Tiere blieben in ihren Behausungen. Die Vögel hockten in ihrem Lieblingsbusch, mit nassem Gefieder, und froren vor sich hin.

Unsere beiden Spatzen beschlossen eines Tages, nicht einfach so weiter zu frieren und zu zittern, sondern etwas zu unternehmen.

"Wir werden zu der Regenkönigin fliegen und sie bitten, den Regen zu beenden", sprachen sie.

Und schon flogen sie los. Es war sehr beschwerlich, zu dem Schloss der Regenkönigin zu gelangen. Ein paar Mal hatten sie sich auch verflogen, weil sie vor lauter Wolken und Regen nichts mehr sahen.

Das Schloss türmte sich aus hohen, grauen Regenwolken auf, doch innen war es trocken und gemütlich. Die Regenkönigin empfing sie freundlich, sie saß auf ihrem Wolkenthron mit vielen Kissen. Sie hörte sich ihren Wunsch an, dann sprach sie: "Ich kann euch leider nicht helfen, denn ich führe nur das aus, was man mir gebietet. Doch fliegt zu dem Wind, vielleicht kann er die Wolken wegblasen!"

Die Spatzen bedankten sich und flogen weiter, doch leicht war es nicht, den Wind zu finden! Einmal blies er von da, einmal von dort. Und die Spatzen wurden hin und her geworfen. Doch der Mut verließ sie nicht und endlich kamen sie, wenn auch zerzaust und außer Puste, bei dem Wind an.

„Vielleicht kannst du uns helfen! Blase doch bitte die Wolken weg, dass es in unserem Garten nicht mehr regnet!", baten sie.

„Das kann ich nicht, auch wenn ich es wollte", sprach der Wind, „ich mache nur das, was man mir gebietet. Doch probiert es mal bei der Sonne, die hat so eine große Kraft, die kann euch bestimmt weiterhelfen!"

Die Spatzen tschilpten: „Danke!" Und sie flogen weiter zur Sonne. Weit war der Weg, heiß und unglaublich hell. Sie glaubten, fast zu verbrennen, doch sie hatten soviel Mut und Kraft, weiterzufliegen und bei dem Sonnenkönig anzukommen. Er wohnte in einem Lichtschloss, das war strahlend hell. Er empfing sie freundlich und hörte sich ihre Bitte an.

„Ich kann nicht durch die Wolken hindurch strahlen, ich mache nur das, was man mir gebietet! Doch fliegt weiter zu dem Garten mit dem Diamantenbaum, dort wird euch sicher geholfen. Leider weiß ich jedoch nicht, wo dieser Garten zu finden ist." So sprach der Sonnenkönig und entließ die beiden ratlosen Spatzen.

Sie flogen weiter und suchten diesen wundersamen Garten, doch wohin sie auch kamen und sooft sie fragten, keiner kannte den Weg dorthin.

Eines Tages kamen sie bei ihrem eigenen Garten wieder an, alles war grau, sumpfig und leblos. Sie selbst waren traurig und erschöpft, und sie schliefen eng aneinander gekuschelt auf einem

Zweig ein.

Da träumten sie von einem wunderbaren Garten: In seiner Mitte stand ein weißer Baum, an dessen Ästen glitzernde Diamanten hingen, die in der Sonne in allen Farben funkelten. Der Garten selbst sah fast so aus wie ihr eigener, irgendwie ganz heimisch und doch fremd. Sie flogen zu dem Diamantenbaum. Als sie auf ihm saßen, da bemerkten sie, dass sie ganz golden geworden waren. Ihr Gefieder strahlte und glänzte bei jeder Bewegung wie die Sonne selber. Sie freuten sich, tschilpten laut und flogen übermütig zwischen den Zweigen hin und her!

Doch dann erwachten sie wieder in ihrem versumpften, trostlosen Schlammgarten. Sie sahen sich an und da bemerkten sie, dass sie noch immer ganz golden waren!

Sie flogen gemeinsam zu der Weide, schlossen ihre Äuglein und erinnerten sich ganz fest an ihren Traum. Als sie die Augen öffneten, da schien wirklich die Sonne und die Wolken verzogen sich. Das erste Leben regte sich wieder im Garten und die Blumen hoben zaghaft ihre Köpfe.

An der Weide aber hingen Tausende von Wassertröpfchen, die in der Sonne wie Diamanten strahlten!

„Diamanten", brummt die 13. Fee, aber ganz leise, dass es keiner hört, denn sie will nicht noch einmal gerügt werden.

Sie hatte sich auch auf die anderen gefreut, die Geschichten gefallen ihr ganz gut, doch das will sie sich nicht anmerken lassen.

Mittlerweile ist es Abend geworden, das Feuer heruntergebrannt. Die Feen ziehen sich in die Nischen der Kristalle zurück, um sich auszuruhen.

Der Rabe steckt den Kopf unter das Gefieder, krächzt einmal ganz kurz, sinkt in den Schlaf und träumt von den Märchen, denen er ganz aufmerksam gelauscht hat.

Alle freuen sich auf den nächsten Tag...

Am anderen Morgen strahlt die Sonne auf dem glitzernden Schnee und der Himmel hat genau die Farbe des Umhangs der ältesten Fee.

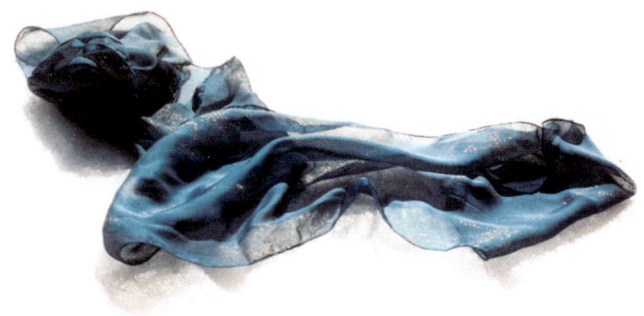

Die Feuerzwerge hatten wieder kräftig gearbeitet, das Feuer prasselt und wärmt die ganze Höhle. Die Feen baden in den violetten Strahlen der A-methyst-Kristalle und tollen dann durch den gleißenden Schnee. Durch den ganzen Wald hallt das silberne Klingeln der Glöckchen. Das ist ein Gelächter und Gekicher und welch ein strahlendes Gefunkel! Der Rabe schließt geblendet die Augen.

Die Feen fliegen wieder zum Feuer, lagern auf ihren Diwans und nippen an ihren goldenen Kelchen, die mit Schneestern-Trunk gefüllt sind.

Sogar die 13. Fee ist friedlich gestimmt und so kann die Fee der Erkenntnis mit ihrer Geschichte beginnen.

Die Blume der Erkenntnis

Es war einmal ein Bäckermeister, der hatte eine Tochter, die so schön und tugendsam war, dass viele junge Männer sie begehrten. Sie hieß Evamaria. Der Vater jedoch war sehr eifersüchtig und jähzornig, er verbot jedem Freier die Tür und schlug seine Tochter, wenn sie nur ein paar harmlose Worte mit den Männern wechselte.

Das Mädchen musste schwer arbeiten, tagaus, tagein, um den Vater zufrieden zu stellen, und es hatte keine fröhliche Stunde. Es fühlte sich sehr einsam und wurde immer trauriger. Es sehnte sich von Herzen nach einem freundlichen Wort und nach einem vertrauensvollen Wesen. Andere hatten wenigstens einen Hund oder eine Katze, doch selbst das verwehrte ihr der Vater.

Eines Tages lief Evamaria auf und davon, da sie glaubte, es wäre überall auf der Welt besser als zu Hause.

Sie sprang über Wiesen und Felder, sah auf die tanzenden Schmetterlinge und die bunten Blumen und lauschte dem Gesang der Vögel. Sie achtete nicht mehr auf ihren Weg, so sehr freute sie sich an der Natur und der neu gewonnenen Freiheit. Sie ging in einen dunklen Wald hinein, immer tiefer, doch sie hatte überhaupt keine Angst. Mitten im Wald traf sie ein Kind, das zu ihr sagte: „Schön, dass du gekommen bist. Komm mit und spiel mit mir!"

Evamaria folgte dem Kind gerne, nahm es bei der Hand und gemeinsam sprangen sie fröhlich durch den Wald. Sie kamen zu einer Lichtung mit einem Bach.

Dort blieben sie und spielten jeden Tag zusammen. Sie lernte viel Neues kennen und wurde an Gefühle erinnert, die sie vergessen glaubte. Und sie spürte in sich eine wachsende kindliche Freude, all dies erleben zu dürfen. Lange Wochen blieb sie bei dem Kind. Eines Tages fühlte sie jedoch eine Kraft in sich, die zum Aufbruch drängte, und so nahm sie Abschied.

Das Kind schenkte ihr eine kleine Flöte, die alle Melodien der Welt spielen konnte und die Herzen der Menschen öffnete. Evamaria bedankte sich und ging weiter in den Wald hinein. Lange winkte ihr das Kind noch nach.

Nach einiger Zeit traf Evamaria auf eine wunderschöne Frau. Diese Frau lud sie ein, bei ihr zu bleiben, und sie sagte gerne zu. Bei der Frau lernte sie vieles im Haushalt und im Garten. Doch blieb jeden Tag genügend Zeit zum Tanzen, zum Kämmen der Haare, zum Schmücken und natürlich zum Plaudern. Und das gefiel Evamaria ausnehmend gut! Wie schön war doch das Leben. Hier wollte sie für immer bleiben.

Doch nach einigen Wochen spürte sie wieder diese Kraft in sich, die sie unaufhaltsam weiter drängte. So bedankte sie sich bei der schönen

Frau und verabschiedete sich. Die Frau schenkte ihr zum Abschied ein Lichtkleid und sprach: „Wenn du dieses Kleid trägst, erwachen in dir alle Tänze dieser Welt und du kannst damit Licht in die Herzen der Menschen bringen."

Voller Freude schlüpfte Evamaria sogleich in dieses wundersame Kleid. Es war unsichtbar, doch sie spürte tief in sich eine Veränderung.

Sie ging weiter bis mitten in den Wald hinein, wo ein Köhler seine karge Behausung hatte. Sie wusste, dass sie dort bleiben sollte und bot ihre Dienste an.

Sehr schwer war die Arbeit: Holz hacken, aufschichten und zu Holzkohle brennen. Der Köhler sprach nur das Nötigste, jedoch war er freundlich und geduldig.

Hier in der Abgeschiedenheit und der Ruhe des Waldes lernte sie die Tiere und die Pflanzen kennen und verstehen.

Nach einiger Zeit drängte die Kraft, die mittlerweile wie eine Stimme in ihr war, zum Aufbruch. Zum Abschied schenkte ihr der Köhler ein kleines Schwert, das ihr immer den richtigen Weg zeigen sollte, wenn sie Entscheidungen zu treffen hatte.

Evamaria dankte ihm von Herzen für alles und ging weiter durch den Wald. Alles war ihr so vertraut, die Bäume, die Tiere, der Bach. In sich spürte sie kindliche Freude und auch die vertrauensvolle Gewissheit, auf dem richtigen Weg zu sein. Sie wusste, dass alles, was geschehen sollte, zu ihrem Besten geschehen würde. Zuversichtlich schritt sie voran und kam nach einiger Zeit zu einem großen, prächtigen Palast. Trotz seiner Pracht wirkte er grau und leblos.

Doch der Eintritt wurde ihr verwehrt. Ein kleiner grauer Zwerg, der vor dem Portal saß, versperrte ihr den Weg und sagte griesgrämig: „Endlich kommst du! Ich warte hier schon so lange auf dich, dass ich fast Wurzeln geschlagen habe. Wo hast du dich denn nur überall aufgehalten? Na egal, jetzt musst du erst einmal die drei Aufgaben lösen, dann kannst du das Schloss betreten. Wenn nicht, dann wirst du so lange schlafen, bis wir alle erlöst sind."

Evamaria mochte den Zwerg nicht noch mehr verärgern und sagte freundlich: „Ich werde alles tun, was ich kann!"

„Ja, ja", grummelte der Kleine, „dann fang gleich an. Zuerst musst du die Lieblingsmelodie des Königs spielen, das Lied der Sonne."

Obwohl Evamaria nicht wusste, welches die Melodie war, setzte sie die Flöte an ihre Lippen. Sie war nicht wenig überrascht: Wie von selbst sprudelten die herrlichsten Töne heraus! Und es war fast, als würde das alte graue Gemäuer lauschen und sogar ein bisschen erwachen.

Der Zwerg schüttelte verwundert den Kopf und sprach: „Die erste Aufgabe hast du schon bestanden." Er wirkte nun etwas zugänglicher und auch irgendwie farbiger, obwohl er immer noch ganz grau aussah.

„Die zweite Aufgabe lautet: Du musst den Lieblingstanz der Königin tanzen, den Tanz des Mondes."

Evamaria begann sich zu wiegen und zu drehen. Mit geschlossenen Augen gab sie sich einfach den Bewegungen hin und tanzte wunderschön. Plötzlich begannen sich die Bäume im Schlosspark zu bewegen und sie schwangen mit den Bewegungen der jungen Frau hin und her, obwohl es nicht den leisesten Windhauch gab.

Als Evamaria die Augen wieder öffnete, lachte sie der Zwerg an. Und sie glaubte, ihren Augen nicht zu trauen, er trug plötzlich eine blaue Mütze und rote Schuhe!

„Bravo, auch die zweite Aufgabe hast du bestanden, nun zur dritten! Und das ist die schwerste".

Er führte sie in einen großen Stall, dort standen unzählige tönerne Krüge in allen Größen und Formen.

„In einem der Krüge liegt der Schlüssel zum Thronsaal des Palastes. Doch hüte dich! In allen anderen Krügen liegen Giftschlangen, die nur auf ihr Opfer warten."

Evamaria zog das Schwert hervor, das ihr der Köhler geschenkt hatte, und ging durch die langen Reihen der Gefäße. Sie ging ruhig und zielsicher auf einen Krug zu, griff hinein und hielt wirklich den Schlüssel in der Hand.

Der graue Zwerg hatte sich mittlerweile in einen bunten Hofnarren verwandelt, er tanzte vor Freude und schlug Purzelbäume in der Luft. „Du hast es geschafft!", schrie er. „Wir waren lange Zeit versteinert, grau und leblos. Viele wollten uns schon helfen, doch nur du konntest uns erlösen!"

Das Schloss glänzte jetzt in den prächtigsten Farben, mit Gold und Edelsteinen. Im Schlossgraben schwammen Schwäne und oben auf dem Turm bewegte sich die Wetterfahne.

Der Hofnarr führte Evamaria in den Palast hinein, sie konnte sich gar nicht satt sehen an der ganzen Pracht. Sie wurde von dem Königspaar auf das Herzlichste willkommen geheißen. Nachdem sie sich erst einmal den Schlaf aus den Augen gerieben hatte, ließen sie ein großes Festmahl vorbereiten.

Im ganzen Schloss regte sich das Leben, mit vielen Stimmen, Lachen und Singen.

Bei dem Festmahl erzählten der König und die Königin: „Unser Sohn ist vor sieben Jahren in die Welt gezogen, um sein Glück zu suchen. Wir wollten ihn zurückhalten und es gab böse Worte. Als er fort war, war es, als wäre alles Leben mit ihm gegangen und nach und nach versteinerte alles. Wir danken dir von ganzem Herzen. Mit deiner Lebendigkeit hast du uns geholfen, wieder ins Leben zurückzukehren. Wir haben in dieser langen Zeit erkannt, dass jeder Mensch seinen eigenen Weg gehen muss, auch unser Sohn. Und wahrhaftige Liebe ist, den anderen freizulassen und ihn in seiner Entwicklung zu unterstützen, auch wenn er dadurch verloren zu sein scheint."

Bei diesen Worten erinnerte sich Evamaria zum ersten Mal wieder an ihren Vater. Und sie fühlte, dass es an der Zeit war, nach Hause zurückzukehren. Die Königseltern beschrieben ihren Sohn ganz genau, dass sie ihn bei einer Begegnung erkennen könne.

Indessen war vor dem Palast ein Rosenstrauch mit wunderschönen Blüten gewachsen. Der Hofnarr sprang herum und sang immer wieder: „Das ist die Blume der Erkenntnis, das ist die Blume der Erkenntnis!"

Der König und die Königin schenkten Evamaria eine Blüte von dem Strauch und verabschiedeten sich liebevoll von ihr, mit allen guten Wünschen für den Heimweg.

Sie lief durch den Wald zurück, und immer wenn sie unsicher war, wie sie gehen sollte, zeigte ihr die Blume den richtigen Weg.

Bald war sie im heimatlichen Dorf angekommen.

Es waren sieben Jahre vergangen. Schon von weitem sah sie viele junge Männer, sie lagerten auf den Wiesen und unter den Bäumen und warteten anscheinend auf ein Ereignis. Sie fragte einen von ihnen, was denn alle hier wollten.

Der junge Mann antwortete: „Die Tochter des Bäckermeisters soll jetzt bald zurückkommen, so hat es sich jedenfalls herumgesprochen. Sie soll wunderschön sein. Vor Jahren ist sie weggelaufen, der Vater war außer sich vor Zorn. Doch er hat sich schon lange beruhigt und selbst eine gute Frau gefunden. Nun hat er eingewilligt, seine Tochter zu verheiraten. Und für einen von uns wird sie sich entscheiden!"

Evamaria ging langsam durch die Wartenden auf ihr Elternhaus zu. Plötzlich bemerkte sie einen schönen jungen Mann und sah ihm in die Augen. Auch er blickte sie an, sah auf die Blume der Erkenntnis in ihrer Hand und lächelte. Da erkannten sie sich. Es war der Königssohn! Sie reichte ihm das Schwert des Köhlers, er nahm sie bei der Hand und sie gingen gemeinsam zu ihrem

Vater und seiner Frau. Sie wurden freundlich aufgenommen.

Ihr Vater richtete eine wunderschöne, prächtige Hochzeit aus, zu der auch die Königseltern eingeladen wurden.

Das junge Paar lebte lange glücklich und zufrieden. Vor ihr Haus pflanzten sie die Blume der Erkenntnis, es wurde ein prächtiger Strauch daraus, mit vielen herrlichen Blüten. Und jeder, der an diesem Haus vorbeikommt, darf sich eine Blüte abbrechen. Viele Menschen waren schon dort, nahmen eine Blüte und es zog Frieden in ihr Leben ein.

❁

„Also, wenn ich mal was sagen darf", spricht die 13. Fee, „ich wünsche mir nun mal eine andere Geschichte, nicht eine, die so zuckersüß endet! Wenn ihr keine auf Lager habt, dann kann ich ja etwas erzählen."

Doch bevor sie weiterreden kann, erteilt die älteste Fee einer anderen das Wort: „Wir haben hier einen Gast aus Übersee. Herzlich willkommen! Nun, welche Geschichte schenkst du uns?" Die Fee aus Übersee ist ganz exotisch und bunt gekleidet, sie trägt Federn im Haar, ihren Hals schmückt eine Kette aus getrockneten Früchten. Sie nickt freundlich in die Runde und schildert eines ihrer Erlebnisse.

Die Augen der Bärin

Weit hinter den alten Bäumen von Rocksville lebte einst eine uralte Frau. Sie lebte und lebte doch nicht. Sie versorgte sich mehr schlecht als recht, war klapperdürr, verhärmt und verbissen. In dem kleinen Holzhaus war sonst niemand, keine Maus, keine Katze, ja nicht einmal Ungeziefer gab es dort. Ameisen machten einen großen Bogen drum herum und falls sich einmal eine Fliege dorthin verirrte, machte sie spätestens an der Türschwelle kehrt und suchte sich eine freundlichere Bleibe.

Diese Frau lebte nun Jahr und Tag hier, wusste nicht weshalb, warum und wozu. Nie bekam sie Besuch. Klopfte doch mal einer ihrer entfernten Verwandten an die Tür, dann nur, weil sie sehen wollten, ob sie zu begraben sei, betrauern würde sie sicher keiner.

Eines Morgens stand die alte Frau auf und vor ihrer Haustür lag eine Bärin mit ihren zwei Jungen. Die Bärin war in eine Falle geraten, war verletzt und hatte sich vor das Haus der Frau geschleppt. Die jungen Bären drängten sich eng an ihre Mutter, sie brummten leise und ängstlich.

Die Frau erschrak, aber nur ein bisschen. Dann begann sie zu schimpfen: „Kannst du dir keinen besseren Platz aussuchen, als direkt vor meinem Haus? Es wird doch noch andere Orte für dich zum Schlafen geben!" Und sie stieß die Bärin mit dem Fuß an. Die brummte, konnte sich jedoch wegen ihrer Schmerzen nicht mehr bewegen, so schwach war sie. Die Frau brummte ebenfalls vor sich hin, weil sie sehr ungehalten war.

Nun, wegrollen oder tragen konnte sie die Bärin nicht, dazu war sie viel zu groß und gewichtig. Mitten auf der Schwelle lag sie, also stieg die Frau schimpfend über das Tier und das war gar nicht so einfach!

Sie ging zum Fluss hinunter zum Wasser holen, ließ sich dabei viel Zeit und hoffte, dass die Bärin mitsamt ihren Jungen verschwinden würde.

Doch als sie zurückkam, lag diese immer noch da und schnaufte leise brummend vor sich hin.

Die beiden Jungen tapsten zu der alten Frau, berührten sie mit den Tatzen und wollten spielen. Unwirsch wies sie die beiden ab und jagte sie davon.

Seufzend stieg sie wieder über die Bärin und merkte dann, dass etwas mit ihr nicht in Ordnung war.

„Also gut", dachte sie bei sich, „ein bisschen Wasser kann ich dem Tier ja geben." Da die Bärin zu schwach war, um den Kopf zu heben, gab ihr die Alte das Wasser mit einem Löffel. Dankbar nahm die Bärin diese Gabe an.

Danach sah sie die alte Frau lange an. Die Frau wollte diesem Blick ausweichen, aber irgendetwas zwang sie, diesen dunkelbraunen Augen standzuhalten, bis sie richtig darin versank.

Und da war es ihr, als ob sie ihr eigenes Leben darin sähe. Ihre Hoffnungen, Träume, Erwartungen, ihre Ängste, Enttäuschungen und ihren Stolz! Und nach einiger Zeit schmolz all dies zu einem einzigen Wunsch zusammen, nämlich dieser Bärin zu helfen.

Plötzlich kam Leben in die Frau. Behänd und geschäftig lief sie hin und her, holte dies und das von ihren eisernen Vorräten. Sie wusch die Wunden der Bärin, versorgte sie und gab ihr zu fressen. Und sie holte die beiden Jungen zu ihrer Mutter und half ihnen, dass sie genügend Nah-

rung bekamen.

Und so ging es ein paar Tage und Nächte weiter. Die Frau war vollkommen mit der Bärin beschäftigt. Denn so ein großes Tier, das hat einen gewaltigen Hunger und frisst eine ganze Menge! Niemals wieder sah die Alte der Bärin in die Augen und die Bärin brummte auch nicht mehr. Beide vertrauten einander in aller Stille.

Eines Morgens, als die Frau aufstand, da war die Bärin fort. Sie bedauerte es nicht, war es doch auch eine Erleichterung, da sie nun wieder einfacher aus ihrer Hütte gehen konnte. Sie widmete sich wieder ihrem gewohnten Tagesablauf. Doch seltsam, seitdem kamen Ameisen, ein paar Fliegen, und ein Vogelpaar baute sogar sein Nest unter dem Dach!

Überraschend kam dann auch noch Besuch. Ihre Verwandten luden sie ein, ins Dorf zu kommen und an einem Fest für ein neugeborenes Kind teilzunehmen. Sie bedankte sich und lehnte ab.

Sie zog es vor, in ihrem Wald zu bleiben, denn sie bereitete sich jetzt in aller Ruhe darauf vor, diese Welt wohlgeordnet zu verlassen.

„Nicht schlecht", bemerkt die 13. Fee. „Bei euch drüben in der Neuen Welt ist es halt doch realistischer, nicht nur so ein altmodisches Freundschafts- und Liebes-Gesäusel."

Die zwölfte Fee, die Älteste im königsblauen Gewand lächelt versonnen und wendet sich der 13. Fee zu: „Ich durfte eine tiefe Liebe begleiten und ich bin dafür sehr dankbar! Hör gut zu, vielleicht berührt sie auch dein Gemüt."

Alle Feen rücken näher zusammen und lauschen.

Der tanzende Zimmermann

Es war einmal eine Bauerstochter und der Sohn eines Zimmermanns, der dasselbe Handwerk gelernt hatte wie sein Vater. Sie kannten sich schon von Kind auf, da sie Nachbarn waren. Der Junge hatte schon lange seine Mutter verloren und als auch noch der Vater gestorben war, verbrachte er die meiste Zeit bei den Nachbarsleuten. Seit langem waren die beiden unzertrennlich, aus ihrer langen Freundschaft heraus wuchs die Liebe, sie wollten auch bald heiraten.

Er sagte zu ihr: „Du bist mein größter Schatz, meine Prinzessin!"

Sie antwortete darauf, selig lächelnd: „Du bist mein Prinz, mein Ein und Alles! Ohne dich kann und will ich nicht leben!"

Die meiste Zeit verbrachten sie miteinander und sie waren zufrieden und glücklich.

Ja, nun könnte das Märchen aus sein, aber das ist es nicht!

Eines Tages hobelte der junge Mann an einem großen Balken. Dies sollte der Firstbalken für den Tanzsaal des Schlosses werden. Er schüttelte den Kopf und dachte bei sich: „Tanzen, was diesen hohen Leuten so alles einfällt! Mich würde viel mehr interessieren, woher dieser große Stamm kommt. Immer sehe ich die Balken, doch nie die Bäume, wenn sie noch in der Erde stehen und wachsen."

Dieser Gedanke ließ ihn nicht mehr los.

Am anderen Morgen sprach er zu seiner Liebsten: "Ich will mich aufmachen, um zu sehen, wo die großen Bäume wachsen, die ich immer bearbeite."

Das Mädchen war entsetzt, denn es hatte Angst, ihn zu verlieren. Es sprach: "Wenn du weggehst, dann gehe ich zu den feinen Leuten ins Schloss. Du wirst schon sehen, was du davon hast!"

Das war zwar dem jungen Zimmermann nicht recht, doch war seine Sehnsucht nach der Ferne so groß, dass er sich noch am gleichen Tage verabschiedete und seiner Wege ging.

Das Mädchen war zornig, es lief trotzig zum Schloss und bot dort seine Dienste an. Sogleich bekam es einige Arbeiten aufgetragen, die schwer zu verrichten waren, jedoch war das zu Hause auf dem bäuerlichen Hof nicht anders gewesen.

Aber hier war das Bett viel weicher, statt auf hartem Stroh schlief sie in weichen Daunen. Das Essen war viel abwechslungsreicher und schmackhafter, die Räume größer und prunkvoller, die Gespräche feiner als zu Hause. Und so fiel es ihr leicht, sich an das Leben im Schloss zu gewöhnen.

Zunächst fand sie es seltsam, dass bei den Festlichkeiten auch die Männer tanzten. Doch es gefiel ihr recht gut und bald wagte sie mit einem der Diener ein Tänzchen in der Küche.

Dabei merkte sie, dass sie für ihr Leben gern tanzte! Sie dachte traurig bei sich: „Mein Liebster wird nie mit mir tanzen, für ihn ist dies alles Kinderei. Höchstens einmal an unserer Hochzeit, und das auch nur widerwillig und hölzern. Und dabei wird er noch über seine eigenen Füße stolpern!"

Sie seufzte tief. Denn beim Tanzen spürte sie eine Freude und Leichtigkeit in ihrem Herzen, wie sie es nur am Anfang ihrer Liebe gekannt hatte. Seltsam, aber es war so!

Dennoch konnten sie nach einiger Zeit das feine Essen, das weiche Bett und auch die Vergnügungen nicht mehr über die Einsamkeit in ihrem Innersten hinwegtäuschen.

Sie nahm Abschied vom Schloss und ging wieder zu dem elterlichen Hof zurück.

Bald darauf wurden ihre Eltern krank und sie starben. Viel Zeit für Trauer blieb nicht, denn nun hatte das Mädchen jede Menge Arbeit. Wo vorher sechs Hände geschafft hatten, da waren nur noch zwei!

So gab sie ihre Felder den anderen Bauern und versorgte nur noch den Obst- und Gemüsegarten und die Blumen. Außerdem buk sie ihr Brot im Backofen.

Und so vergingen viele, viele Tage.

Hinter dem Haus floss ein Bach, auf einer Wiese streckte ein alter Baum schützend seine Äste über eine Bank. Dorthin setzte sich das Mädchen oft, um sich nach der Tagesarbeit auszuruhen.

Eines Abends saß sie wieder dort, die Sonne war gerade untergegangen, der Mond stand schon groß und voll wie eine goldene Scheibe am Himmel.

Da spürte das Mädchen eine große Sehnsucht in ihrem Herzen. War es die Sehnsucht nach dem Liebsten? Sie konnte es nicht sagen, es war ein schmerzliches Gefühl.

Wie von selbst stand sie auf und begann, sich zu bewegen. Und je länger sie tanzte und das Gras unter den Füßen spürte, desto leichter wurde ihr das Herz, desto fröhlicher fühlte sie sich. Und von dieser Leichtigkeit und Fröhlichkeit ließ sie sich ganz einfach tragen!

Danach spürte sie eine tiefe Ruhe in ihrem Inneren.

Seit diesem Abend tanzte sie immer öfter, ja auch am Tag. Sie sang fröhliche Lieder, und so war sie mit sich und der Welt zufrieden.

Nun wollt ihr bestimmt wissen, was der junge Zimmermann erlebte!

Er ging und ging immer weiter und er sah viel Neues und Interessantes. Er traf viele Menschen, unterhielt sich mit ihnen und er hörte ihnen zu, wenn sie erzählten. Oft arbeitete er für sein Brot und zog dann wieder weiter.

Unterwegs sah er viele, viele Bäume, auch große und mächtige. Doch er sagte zu sich: „Ich suche einen ganz besonderen Baum. Wenn ich diesen Baum gefunden habe, dann gehe ich wieder nach Hause."

Und so wanderte er lange, lange Zeit; er dachte oft an seine Liebste und sehnte sich nach ihr, aber dennoch zog es ihn immer weiter zu diesem Baum.

Eines Abends legte er sich schlafen, es war eine wunderbare, klare Nacht. Über ihm wölbte sich das funkelnde Sternenzelt. Da zog eine leuchtende Sternschnuppe am Himmel ihre Bahn, strahlend hell wie ein Komet. Er wünschte sich von ganzem Herzen, seinen Baum zu finden!

In dieser Nacht hatte er einen Traum:

Er träumte von einem riesigen, weißen Baum. An dessen Ästen glitzerten Tausende von Diamanten, in denen sich das Licht in allen Farben brach. Staunend sah er diesen Baum an, ging um ihn herum und berührte den Stamm und die Zweige.

Er konnte es nicht fassen: Noch nie hatte er so etwas Schönes gesehen! Seine Freude war so übermächtig, dass ihm das Herz ganz weit wurde. Und als er aufwachte, da hatte er immer noch dieses weite und warme Gefühl im Herzen!

Er stand auf, reckte und streckte sich und dann begann er zu tanzen. Die Freude trug seine Füße, es war einfach herrlich! Das war es! Jetzt wusste er, was er gesucht hatte.

Er machte sich gleich auf den Heimweg, ja er

tanzte nach Hause!

Er kam abends daheim an und ging gleich zu seiner Liebsten. Sie saß auf der Bank hinter dem Haus und es sah so aus, als hätte sie ihn erwartet.

Als sie sich sahen, da sprachen sie kein einziges Wort. Sie sahen sich nur eine Sekunde der Ewigkeit in die Augen.

Er nahm sie bei den Händen und sie begannen ihren Tanz, alles ging wie von selbst. Sie spürten das Gras und die Erde unter sich und die Sterne und den Himmel über sich. Doch am meisten, da fühlten sie die Liebe, die Leichtigkeit und die Freude in ihrem Herzen.

Bald darauf war die Hochzeit, die prächtig ge-
feiert wurde. Und die beiden ließen sich vom
Tanz des Lebens durch die Jahre tragen.
Und immer waren sie in sich und füreinander
König und Königin!

„**D**as war richtig schön!", gibt die 13. Fee zu, räuspert sich und wischt verstohlen eine kleine Träne weg. Soo sentimental will sie nun auch nicht werden. Aber mittlerweile gefällt es ihr ganz gut bei ihren Feen-Schwestern. „Wer ist denn nun an der Reihe?"
Die jüngste Fee, die Fee der goldenen Herzen, errötet sanft und fängt dann leise zu sprechen an.
„Wie ihr wisst, ist es meine Aufgabe, die Gold-funken in den Herzen zu entfachen. Und glaubt mir, das ist nicht so leicht! Bevor ein Wesen sein Herz entdeckt, muss es erst durch ein tiefes, dunkles Tal, und dann vergeht noch viel Zeit, bis es seinem goldenen Herzen vertraut. Aber immer wieder geschieht dieses Wunder, und an einer solch wundersamen Begebenheit möchte ich euch heute teilhaben lassen."

Die Goldlerche

Es war einmal eine Lerche, die tirilierte von früh bis spät tagtäglich ihr Gotteslob gen Himmel. Schon in aller Früh schraubte sie sich der Sonne entgegen und ließ dabei ihre kräftige Stimme erschallen. Den ganzen Tag lang bis zum Sonnenuntergang rief sie ihr Tirili.

Andere Lerchen machten es ähnlich, doch sie ließen auch ab und zu ihre Stimmen verstummen, kümmerten sich um die Partnerschaft, um den Nestbau und um ihre Nachkommen.

Unsere Lerche jedoch hatte nur eines im Sinn: Gott zu loben und zu preisen. Auch ließ sie im Winter nicht nach, wenn die Natur ruhte und sich auf das nächste Wachsen vorbereitete. Drei Jahre lang sang die Lerche ununterbrochen, bis eines Tages ein großer Sturm kam, sie hinwegfegte und gegen einen Baum warf.

Oh Schreck, ein Flügel war gebrochen und sie konnte sich nicht mehr erheben. Lange lag sie neben dem Baum, dann setzte sie sich mühsam auf.

Vieles ging durch ihr Köpfchen: Musste sie nun sterben? Welchen Sinn hatte ihr Leben ohne den Gesang, ohne das Fliegen in die Sonne?

Sie wurde sehr, sehr traurig, legte sich nieder und schlief ein. Als sie erwachte, stand der Vollmond am Himmel. Sie war erstaunt, denn sie hatte ihn noch nie gesehen, weil sie nachts immer

schlief, um ja tagtäglich putzmunter für die Son-
ne zu sein.
Nun war alles anders, ganz anders!
Sie schlief vor Erschöpfung wieder ein, seltsa-
merweise erwachte sie immer wieder nur des
Nachts. Sie erlebte nun eine völlig andere Welt,
schaute zum Mond und den Sternen hinauf und
erlauschte die unterschiedlichsten Geräusche. Es
sang eine Nachtigall, mal hörte sie das Rufen
eines Käuzchens, Fledermäuse huschten vorbei.
Es dauerte eine Weile, bis sich unsere Lerche
daran gewöhnte, doch hatte sie nun genügend
Zeit, da sie immer noch stumm am Boden saß
und nur beobachtete und staunte, was es alles
gab. Hatte sie doch bislang nur die Sonne, das
Licht und den Himmel gesehen und ihre eigene
Stimme gehört!
Keiner redete mit ihr und sie sprach auch nie-
manden an, weder Pflanze noch Tier, noch den
Mond.
Nach einiger Zeit war ihr Flügel geheilt. In einer
Vollmondnacht versuchte sie zum ersten Mal
wieder zu fliegen. Ganz vorsichtig, sanft mit sich
selbst und ohne Hast.
Es gelang, wenn auch etwas zittrig!
Sie beschloss, weiterhin am Tag der Sonne ihr
Gotteslob zu singen, hatte jedoch auch den Mond
im Herzen. Und dieser Mond, dieses Gefühl im
Herzen vergoldete das klitzekleine Lerchenherz.

Und so singt sie einmal im Jahr bei Vollmond nachts ihr Lied. Und ob ihr es glaubt oder nicht: Dann verstummen die Nachtigall und auch das Käuzchen, alle Tiere lauschen ihr. Und sicher auch die Pflanzen, die Steine und der Mond.
Und ganz, ganz wenige Menschen hören sie auch.

Die jüngste Fee seufzt: „Ja, ja, die Menschen! Die sind meine größte Aufgabe. In ihren Herzen die Lichtfunken zu entzünden - dazu brauche ich sicher noch ein paar Hundert Jahre."

„Tausende, meine Liebe, Tausende!", fällt ihr die 13. Fee ins Wort. „Was ich da jeden Tag erlebe. Ich könnte euch jede Menge Geschichten erzählen. Da ich nun schon dabei bin, erzähle ich euch weiter von dem Schloss:

Plötzlich stand eine Frau in einem blauen Umhang vor dem Schloss und rief: 'Ich verfluche dich, du Schloss der harten Herzen, mitsamt deinen Bewohnern! Du sollst grau und leblos sein, bis zu dem Tag, an dem ein Mensch kommt und dich von unten bis oben mit frischen Rosenblättern zudeckt. Dann ist der Fluch gebrochen und du bist wieder frei!'

Die Frau verschwand wieder und mit ihr der ganze Spuk. Der Himmel war wieder klar und freundlich, die Sonne schien und auf den Wiesen tummelten sich Bienen und Schmetterlinge.

Das Schloss stand da wie eh und je, doch die Wetterfahne gab plötzlich einen anderen Ton von sich. Irgendwie klang es jetzt so, als wolle sie sagen: 'Befrei mich, befrei mich!'"

Bevor sie weiterreden kann, wird die 13. Fee von der ältesten Fee unterbrochen. „Es ist schon spät geworden, und wir wollen die Geschichten noch im Schlaf genießen und in das Land der Hoffnungen und Versprechungen mitnehmen. Lasst uns noch gemeinsam ein Lied singen, zum Abschluss dieses wunderbaren Tages!"

Die Feen singen ihr Lieblingslied, danken den Feuerzwergen und fliegen dann auf der goldenen Straße ins Traumland hinein.

Die 13. Fee ist sehr zufrieden und denkt sich: „Jetzt habe ich sie so neugierig gemacht, dass ich sicher morgen gleich weitererzählen kann!" Und auch sie fliegt in die Anderwelt.

Der Rabe flattert mit einem Krächzen in den Wald zu seinem Lieblingsbaum, um dort die Nacht zu verbringen.

 Als er am anderen Morgen erwacht, da schneit es in dicken Flocken. Er findet den Felsspalt der Höhle nicht mehr, durch den er die Feen belauscht hat. Aber er möchte doch unbedingt die anderen Geschichten auch noch hören! Und so fliegt er ganz leise und vorsichtig in die Höhle hinein und lässt sich in der Nähe des Eingangs in einer Nische aus Amethysten nieder.

Die Feen bemerken ihn nicht, da sie mit sich beschäftigt sind, besser gesagt, mit einer von ihnen, der 13. Fee.

Diese wollte gleich nach dem Aufstehen mit ihrer Geschichte fortfahren, wurde jedoch von der zwölfte Fee unterbrochen. Und nun wird gerade abgestimmt, ob die 13. Fee noch bleiben darf.

„Gerade wir sollten doch Vorbilder sein und niemanden ausschließen", bittet die jüngste Fee, die der goldenen Herzen. Ihr fällt es immer schwer, sich gegen ihre älteren Schwestern durchzusetzen, aber heute gibt sie sich einen Ruck! „Wir sollten ihr noch eine Chance geben, lasst sie ihre Geschichte doch erzählen!"

Die anderen beraten sich und kommen zu dem Schluss, dass die 13. Fee als Letzte erzählen darf, aber nur, wenn sie nicht mehr stört.

Die 13. Fee schwingt unwillig ihren Umhang um sich, dass der Feenstaub nur so herumfliegt, ist jedoch einverstanden und murmelt sogar ein leises „Danke".

Die zwölfte Fee klatscht in die Hände. „Heute ist es so ungemütlich draußen, da machen wir gleich weiter mit dem Erzählen!"

Die Feen rücken dichter ans Feuer, wärmen sich an ihren Goldkelchen, und die Fee der vier Elemente beginnt mit ihrer schönen, klaren Stimme.

Die blaue Schlange

In eines Königs Palast, da lagen in der Schatz-
kammer zwölf blaue Schwerter. Sie waren in
Sternform so aneinander gereiht, dass sie sich
alle berührten, jede Klingenspitze den Knauf des
nächsten Schwertes. Wer weiß, vielleicht war der
König so ordentlich oder hatte dies eine andere
Bedeutung?

Der König hatte sich so sehr einen Sohn ge-
wünscht, dem er das Königreich eines Tages hät-
te übergeben können, jedoch hatte er nur eine
einzige Tochter. Die Königin war bei der Geburt
des Mädchens gestorben. Dieses Mädchen wuchs
eher wie ein Junge auf, es ritt auf den wildesten
Pferden, kletterte behänd wie ein Eichhörnchen
auf die höchsten Wipfel und raufte sich mit den
Bauernburschen. Es achtete nicht auf Äußeres,
am liebsten trug es alte bequeme Hosen, Hemd
und Stiefel.

Der König war deshalb doppelt unglücklich. Ja,
wenn seine Tochter wenigstens bildhübsch gewe-
sen wäre, dann hätte er die Hoffnung hegen kön-
nen, einen standesgemäßen Schwiegersohn zu
bekommen! „Aussichtslos", dachte er seufzend
und widmete sich seinen Regierungsgeschäften.

Eines Tages ging die Königstochter wieder in die
Schatzkammer. Von Kind an zog es sie magisch
dorthin. Schon oft war sie dagesessen und hatte
fasziniert auf das Gebilde dieses sechsstrahligen

Sterns geblickt. Niemals hatte sie es gewagt, eines dieser Schwerter auch nur anzufassen, denn das hatte der Vater strengstens verboten.

Die Schwerter glichen einander wie ein Ei dem anderen. Die scharfen Klingen blitzten und um jeden Knauf ringelte sich eine silberne Schlange, deren blaue Saphiraugen geheimnisvoll funkelten und glitzerten.

Doch halt! Was war das? Eine der Schlangen sah sie mit roten Augen an. Das konnte doch nicht sein! Das Mädchen wurde unruhig. Es hatte zwar das Verbot des Vaters im Ohr, aber es konnte nicht widerstehen und nahm das Schwert vorsichtig in die Hand. Wie eine Feder, leicht und warm, fühlte sich das Schwert an, nicht so wie die schweren Eisendinger, die sie kannte. Die Königstochter war überrascht und schwang das Schwert durch die Luft.

Doch wie erschrak sie, als die Schlange plötzlich zu reden begann! „Du hast unsere Ordnung gestört, nun kannst du mich nicht mehr an meinen alten Platz legen, sonst geschieht ein Unglück! Es gibt kein Zurück mehr, nur ein Vorwärts. Du musst nun dein Zuhause verlassen, ich werde dir den Weg weisen." Die Prinzessin fand es höchst seltsam, dass die Schlange mit ihr redete und auch, was sie sagte. Doch sie spürte eine geheimnisvolle Kraft, der sie sich nicht entziehen konnte.

Und so machte sie sich auf die Reise. Sie packte

ein paar Sachen ein, nahm ihr Pferd und verließ das Schloss. Heimlich und in der Nacht, denn sie getraute sich ihrem Vater nicht mehr unter die Augen zu treten.

Sie ritt tagelang, wusste nicht, wohin und warum, trotzdem ließ sie sich von dem Pferd weiter tragen. Das Pferd und die Schlange schienen sich gut zu verstehen, sie hatte den Eindruck, als unterhielten sie sich, unhörbar für sie.

Eines Abends kamen sie in einen dichten, finsteren Wald. Es begann zu regnen und zu stürmen, Blitz und Donner wechselten sich ab. Vor einem herabfallenden Ast scheute das Pferd, stieg hoch und wieherte laut. Die Königstochter konnte sich nicht halten und fiel zu Boden, das Pferd galoppierte davon. Fort waren Pferd und Gepäck!

Gott sei Dank, das Schwert lag neben ihr. Sie nahm es auf, suchte sich einen Unterschlupf und fand eine kleine, trockene Höhle. Sie entzündete ein Feuer und legte sich nieder. Da erschien plötzlich im Regen ein uraltes runzeliges Weib mit einem Stock.

„Darf ich mich an deinem Feuer wärmen?", krächzte die Alte. „Nur zu, Großmutter, kommt herein, hier ist Platz für uns beide", sprach die Königstochter.

Die Frau hatte einen Korb dabei, aus allerlei Kräutern braute sie einen heißen Trank. „Da Töchterchen, trink, damit du wieder zu Kräften kommst und dein Ziel findest!"

Die Prinzessin nahm den Becher und genoss die Wärme, die sie nach kurzer Zeit durchströmte. Bald fiel sie in einen tiefen, tiefen Schlaf.

Sie träumte von einem prächtigen Schloss...

Sie ging durch dieses Schloss und sah im Garten einen jungen Prinzen. Wunderschön war er anzusehen, auch spürte sie sein freundliches, kluges Wesen, aber er war blind. Mühsam tastete er sich voran, ging vorsichtig zwischen den Bäumen, stolperte aber immer wieder in Blumenbeete und über Stufen aus Stein. Ein kleiner blauer Vogel flog herbei und setzte sich auf seine Hand. Da schien es, als würde er sich mit dem Vogel unterhalten!

Seltsam..., sie erwachte.

Ein paar Sonnenstrahlen fanden den Weg in die Höhle, die alte Frau war verschwunden. Die Prinzessin begrüßte fröhlich den schönen Morgen. Sie trug nun das Bild des Prinzen in ihrem Herzen und wünschte sich sehr, ihn kennen zu lernen.

„Du kannst zu deinem Prinzen gelangen", sagte die Schlange, die seit dem Verlassen des Schlosses stumm geblieben war. „Dies ist jedoch ein steiniger, schwieriger Weg; du musst sehr mutig sein, auch klug und geduldig."

„Kannst du mich führen?", fragte das Mädchen.

„Ja, aber so schnell geht das alles nicht, zuerst müssen wir die alte Waldmutter besuchen", zischte die Schlange. Und mir nichts, dir nichts, glitt sie von dem Griff des Schwertes herab, schlängelte sich dem Ausgang der Höhle zu und verschwand. „Halt! Nicht so schnell!", rief das Mädchen und eilte hinterher. Es dauerte nicht

lange, da kamen sie bei einem Häuschen an, das aus Moos und Ästen gebaut und mit Blättern gedeckt war. Drinnen saß die Alte, die sich in der Nacht am Feuer gewärmt hatte.

„Großmutter, guten Tag! Ich suche den schönen, blinden Prinzen, könnt Ihr mir den Weg zeigen?", sprudelte das Mädchen aufgeregt hervor.

„Alles zu seiner Zeit, Töchterchen. Ich zeige dir den Weg, aber zuerst musst du mir drei Jahre dienen", sprach die Alte.

Die Königstochter war gleich einverstanden und blieb drei Jahre bei der alten Frau. Sie lernte viel von ihr. Das Wichtigste war die heilsame Anwendung der unterschiedlichsten Kräuter, vor allem die Zubereitung geheimnisvoller Tränke.

Die Waldmutter war sehr wortkarg und die Schlange blieb stumm, obwohl ihr die Königstochter jeden Tag von dem Prinzen erzählte. Im Schlaf sah sie ihn nie mehr, trotzdem fühlte sie seine Nähe in ihrem Herzen.

Nach den drei Jahren verabschiedete sich das Mädchen von der alten Frau. Diese gab ihr ein Säckchen mit getrockneten Kräutern mit: „Mit diesen Kräutern kannst du vielen Menschen helfen. Nun geh weiter zu meiner Schwester. Die wohnt an einem großen Fluss und erwartet dich!"

Die Prinzessin bedankte sich, nahm das Schwert mit der Schlange und wanderte weiter zu dem großen Fluss. Bald kam sie zu einem Haus, es war aus glatten Kieseln gebaut und mit Schilf gedeckt. Die Fluss-Alte hieß sie willkommen und sprach: „Drei Jahre hast du meiner Schwester treu gedient. Wenn ich dir den Weg zu deinem Prinzen zeigen soll, dann musst du bei mir genauso lange bleiben."

Die Königstochter war einverstanden, wohnte drei Jahre in dem Haus am großen Fluss. Sie lernte viel, auch die Sprache des Wassers und die der Steine. Nie wurde ihr die Zeit lang, obwohl weder die Fluss-Alte noch die Schlange mit ihr plauderten. Auch sie wurde immer stiller, doch das Bild des Prinzen bewahrte sie in leuchtenden Farben in sich.

Als die drei Jahre herum waren, gab ihr die Alte zum Abschied ein Säckchen mit runden Flusskieseln und sprach: „Die wirst du irgendwann brauchen. Nun mach dich auf den Weg zu meiner Schwester, der Feuer-Alten. Die bewacht in einer Höhle am Berg das ewige Feuer, sie wird dir weiterhelfen."

Das Mädchen bedankte sich, nahm das Schwert und folgte dem beschriebenen Weg. Es dauerte nicht lange, da tauchte der Eingang einer Höhle auf. Drinnen war es gemütlich warm, richtig wohnlich.

Die Höhle schien der Prinzessin vertraut, und richtig: es war die Höhle, in der sie vor langer Zeit einmal Unterschlupf vor dem Unwetter gefunden hatte. Hier war sie zum ersten Mal ihrem

Prinzen im Traum begegnet!

Die Feuer-Alte saß in einem Winkel der Höhle, schlurfte zum Feuer und begrüßte die Königstochter: „Meine Schwestern haben mir von dir erzählt. Du bist sehr tapfer und geduldig. Bald bist du am Ziel. Ein Jahr lang darfst du mir dienen, dann weise ich dir deinen Weg."

Und so blieb sie bei der Alten und lernte alles, damit das ewige Feuer stetig brannte. Nun kamen auch die Träume wieder, oft sah sie den Prinzen. Er war ihr mittlerweile ganz vertraut und sie sprachen miteinander, als würden sie sich seit einer Ewigkeit kennen. Auch erkannte sie, dass sich der Prinz immer sicherer in seinem Garten bewegte. Und immer war der kleine blaue Vogel in seiner Nähe.

Die Zeit verging wie im Flug, bald war das Jahr um.

In der letzten Nacht hatte sie einen Traum: In ihr selbst strömte das ewige Feuer, es wärmte sie und es strahlte aus ihrem Herzen und aus ihren Händen heraus. Sie sah sich selbst, wie sie zwölf Flusskiesel kreisförmig auslegte, in der Mitte ein Feuer entfachte und darüber in einem Kessel ihre Kräuter siedete. Davon gab sie den Menschen zu trinken. Zuvor aber umfasste sie das Trinkgefäß mit ihren Händen, da floss das ewige Feuer in den Trank hinein und um das Gefäß bildete sich ein goldener Schein.

Sie erwachte und setzte sich auf.

Die Feuer-Alte stand vor ihrem Lager und sprach: „Nun hast du erfahren, wie du anderen helfen kannst und was deine Aufgabe ist. Ich schenke dir einen kleinen Kessel und ein Stückchen Kohle mit dem ewigen Feuer darin. Deine Lehrzeit ist zu Ende und du hast alle Proben bestanden. Mein Segen und der meiner Schwestern werden dich von nun an immer begleiten. Mach dich jetzt auf den Weg. Bald kommst du zu einem großen See und in der Mitte des Sees ist eine Insel. Dort lebt dein Prinz."

Das Mädchen sprang freudig auf, umarmte die Alte, packte die wertvollen Geschenke ein und bedankte sich von Herzen für alle Gaben. Es ergriff das Schwert, verließ fröhlich singend die Höhle und gelangte nach kurzer Zeit zu dem See. Er war sehr groß und mittendrin lag eine Insel - die Insel!

Die Königstochter war nun fast am Ziel, doch es gab keinen Steg, kein Boot, nichts um hinüberzukommen.

Da sprach die Schlange, die lange, lange Zeit geschwiegen hatte: „Nun ist die Zeit gekommen, dass wir uns trennen müssen. Lege das Schwert ins Wasser, dann wird es zu einer Brücke und du kannst zu deinem Prinzen gehen!"

Einen kurzen Moment zögerte die Königstochter, das Schwert mit der Schlange hinzugeben, doch dann legte sie es nieder und es verwandelte sich sogleich in eine blaue Brücke, über die sie auf die Insel gelangen konnte.

Der Prinz begrüßte sie freudig: „Du bist wunderschön, genauso wie ich dich immer in meinen Träumen gesehen habe!"

Sie umarmten sich sanft. Der blaue Vogel flog vertrauensvoll auf die Hand der Königstochter und sang ein fröhliches Lied. Der Prinz führte sie durch den ganzen Garten und zeigte ihr seine Heimat. Sie wunderte sich, dass er alles so sah, als hätte er sein Augenlicht.

Am Abend setzte sich die Königstochter nieder, legte die Kieselsteine zum Kreis und entzündete mit der Kohle das Feuer. Sie stellte den Kessel mit Wasser darüber, wählte einige Kräuter und bereitete einen Heiltrank, so wie sie es gelernt hatte. Dann goss sie die Flüssigkeit in einen Kelch, umfasste ihn und ließ das goldene Licht aus ihrem Herzen durch ihre Hände hineinströmen.

Sie reichte dem Prinzen das Gefäß, er schloss die Augen und trank. Als er die Augen öffnete, da waren die Schleier gefallen und nun konnte er wirklich sehen!

Überglücklich nahm er sie in die Arme, ihre Herzen fanden zueinander und verschmolzen.

Sie reisten nach Hause zum Schloss ihres Vaters, wo der König schon lange die Hoffnung aufgegeben hatte, seine Tochter jemals wieder zu sehen.

Groß war die Freude und prächtig das Hoch-

zeitsfest!

Als die Königstochter die Schatzkammer betrat, waren die Schwerter verschwunden. Jedoch schlängelte sich eine kleine, blaue Schlange mit funkelnden Augen wie Diamanten auf sie zu und legte sich als Armband um ihr Handgelenk. Dieses Armband begleitete sie ihr Leben lang und sie half vielen Menschen mit ihren wunderbaren Gaben.

Achtsam und liebevoll lebten sie gemeinsam ihr langes erfülltes Leben. ❀

Die Fee der vier Elemente verstummt. In der Höhle ist es wohltuend still und friedlich. Auch die 13. Fee ist nun ruhiger geworden. Sogar das Feuer brennt ganz gleichmäßig und beleuchtet mit seinem Schein milde die Amethysthöhle.

Der Rabe streckt seine Flügel vorsichtig aus, kauert sich wieder bequem in seine Nische und beobachtet eine Fee, deren weißes Kleid mit lauter Sternen bestickt scheint. Die Fee der Sterne nimmt einen Schluck aus ihrem goldenen Kelch, lehnt sich zurück und beginnt zu erzählen.

Die Geschenke des Sternchens

Ganz hinten, am Ende der Milchstraße, da wurde ein kleiner Stern geboren. Ja, es war eigentlich ein Sternchen, so winzig war es. Doch es hatte trotz seiner Winzigkeit schon Vorstellungen von seinem Leben.

„Ach", dachte es, „ich möchte anders leben als all die anderen Sterne um mich herum. Einfach so am Himmelszelt zu stehen und zu strahlen, das kann doch nicht alles sein! Ich werde mir erst einmal die ganze Welt ansehen."

Das Sternchen machte sich also auf die Reise. Ohne sich noch einmal umzublicken, flog es die Milchstraße entlang, besuchte den Orion, die Kassiopeia und die Plejaden. Auf diesem Ster-nenflug hörte es viele Geschichten, auch eine von einem bunten Ball, der Erde heiße.

„Dort muss ich hin", dachte das Sternchen, „das will ich unbedingt sehen." Und so flitzte es zur Erdensonne. Doch die Sonne sprach zu unserem Sternchen: „So einfach ist es nicht, sich die Erde anzusehen. Die Menschen teilen ihre Welt in gut und böse auf, etwas anderes kennen sie kaum. Und ein Sternchen, so wie du eines bist, das kön-nen sie in ihrer Vorstellung nicht gebrauchen! Doch ich sehe schon, ich kann dich nicht abhal-ten. Wenn du Hilfe brauchst, dann komm zu mir. Doch lass dir gesagt sein, dass deine Strahlkraft auf der Erde nachlassen wird."

Das Sternchen flog zwischen den Planeten hindurch, spielte mit den Saturnringen, foppte den Mond und kam endlich auf der Erde an. Es staunte nicht schlecht, was es hier alles gab: Wasser, Berge, Felsen, Wüsten, Bäume, Tiere, Blumen, Farben, Tag und Nacht. Und erst die Menschen mit ihren Gefühlen und Stimmungen - das war spannend!

Am besten gefielen dem Sternchen die Farben und am meisten war es von den Stimmungen der Menschen beeindruckt. Ihm fiel auf, dass zwischen den Farben und den Stimmungen auch ein Zusammenhang bestand.

Und so ersann es ein Spiel. Es schlüpfte nachts in die Träume der Menschen und schenkte ihnen Licht in den verschiedenen Farben: violett, blau, grün, rosa, gelb, orange, rot und auch weiß, die Summe aller Farben. Es machte ihm großen Spaß, die Farben zu schenken, bemerkte es doch, dass es auch den Menschen gefiel.

Eines Tages merkte es jedoch, dass sein Licht immer matter wurde und kaum mehr strahlte. Es wartete, bis ein Sonnenstrahl vorbeikam und bat ihn: „Bring mich doch bitte zur Sonne, vielleicht kann die mir helfen!"

Der Sonnenstrahl nahm das Sternchen mit zur Sonne. Die sprach zu ihm: „Es ist nun an der Zeit, dass du nach Hause zurückkehrst, deinen Platz einnimmst und deine Aufgabe erfüllst - nämlich die, als Stern am Himmel zu strahlen."

„Aber es hat mir soviel Spaß auf der Erde gemacht, das Spiel mit den Farben und den Menschen", antwortete das Sternchen traurig. „Viele haben sich gar nicht an ihre Träume erinnert, trotzdem waren sie viel glücklicher."

„Du kannst den Menschen ein Andenken lassen", sprach die Sonne. „Lege in jedes Menschenherz ein weißes Lichtfünkchen von dir. Wenn sich die Menschen daran erinnern, dann kann es wachsen und sie können dieses Strahlen nach außen weitergeben!" „Das ist eine gute Idee", sprach das Sternchen. Es bedankte sich bei der Sonne, schaute auf die Erde zurück und schenkte jedem Menschenherz ein klitzekleines Lichtfünkchen.

Dann kehrte es über die Milchstraße zurück an seinen Platz und strahlt nun glücklich und zufrieden, in der Gewissheit, etwas für das Licht und die Freude auf der Erde getan zu haben.

Wenn sich die Menschen an das Lichtfünkchen in ihren Herzen erinnern, dann kann es wachsen und größer werden und nach außen strahlen. Und sie können es weitergeben, wem und wohin sie möchten.

„Es gibt doch noch Hoffnung für die Menschen", freut sich die zwölfte Fee und die anderen stimmen zu. „Ihr seht nun, wie wichtig unsere Arbeit ist, überall in der Welt unseren Feenstaub zu verstreuen! Wenn die Menschen es lernen, wieder an unsichtbare Wesen wie uns zu glauben, dann sind sie nahe daran, auch sich selbst zu vertrauen. Und dann regiert wieder die Liebe in der Welt, so wie damals im Goldenen Zeitalter!" Die Feen klatschen begeistert in die Hände, sodass die Glitzerfunken in der ganzen Höhle nur so herumstieben. Der Rabe muss niesen, doch keiner scheint ihn zu bemerken.

Die Fee der Bäume ist nun an der Reihe, ihr schönstes Erlebnis zu schildern. Ihr Kleid sieht aus, als wäre es aus winzigen Ästen, Blättern und Blüten kunstvoll gewebt. Sie lacht in die Runde, zwinkert dem Raben vergnügt zu und beginnt.

Die süße Zitrone

In einem zauberhaften Garten lebten einmal vielerlei Bäume, Sträucher, Blumen und Tiere. Alle waren glücklich und zufrieden, jedes Lebewesen hatte hier seinen richtigen Platz. In einer Ecke stand ein Zitronenbaum, der blühte und trug die herrlichsten goldgelben Früchte, und das auch noch gleichzeitig!

Eines Morgens wurde eine kleine Zitrone in einer Blüte geboren. Die Kleine reckte und streckte sich und sah sich neugierig um. „Das sieht alles wunderbar aus und diese verlockenden Düfte!", schwärmte sie. Doch noch ehe der erste Tag vorbei war, hatte sie bemerkt, dass manch ein Besucher des Gartens einen Bogen um den Zitronenbaum machte. Und sie hörte auch menschliche Stimmen: „Igitt, diese Zitronen sind so sauer, die sind nur im Wasser gut oder mit Zucker."

„Was ist das denn", dachte die kleine Zitrone, „ich bin sauer und allein nicht gut genug?" Sie fragte ihre vielen Geschwister, doch die hingen an den Zweigen und sonnten sich. Sie schwiegen und kümmerten sich überhaupt nicht um die Sorgen der kleinen Zitrone.

Es wurde Abend und die Sonne ging unter. In dieser Nacht konnte die kleine Zitrone vor lauter Kummer nicht schlafen. Sie schaute Hilfe su-

chend den Mond an. Da sah sie, wie um Mitternacht eine goldene Eule durch den Garten flog und es schien so, als würde diese Eule zu allen Pflanzen hinfliegen, sich bei ihnen niederlassen und zuhören.

„Das ist bestimmt die Weisheitseule", dachte das Zitrönchen, „die will ich fragen, was ich tun kann, um nicht sauer zu werden." Als die goldene Eule zu dem Zitronenbaum kam, da fing die kleine Zitrone gleich zu plappern an: „Weißt du, ich möchte nicht nur sauer sein und nur fürs Wasser oder mit Zucker gebraucht werden. Ich will gemocht werden, so wie ich bin!"

Da lachte die Eule und sprach: „Du bist ja eine lustige Zitrone. Bisher hat es keine Einzige gestört, sauer zu sein. Aber ich verstehe dich! Es ist ganz einfach. Nimm den ganzen Tag die Sonnenstrahlen in dich auf und gib sie weiter, an die Pflanzen, Tiere oder Menschen, die du siehst und die dir begegnen. Du wirst sehen, dann wirst du ganz süß und geschmackvoll!"

Die kleine Zitrone dachte kurz nach und sprach dann: „Aber wie kann das sein? Wenn ich alles weitergebe, dann habe ich die Sonnenstrahlen doch nicht mehr in mir. So kann ich doch nicht wachsen, geschweige denn genießbarer werden!"

„Probier es doch einfach aus", sagte die Eule. „Das denken viele, dass sie, wenn sie etwas behalten, reicher werden. Aber so ist es nicht! Wirklicher Reichtum und Süße entstehen nur,

wenn du anderen etwas weitergibst und mit Freude schenkst."

Die kleine Zitrone bedankte sich und da sie zu der Eule Vertrauen hatte, versuchte sie es gleich am anderen Morgen. Sie ließ das Sonnenlicht in sich hinein und gab es dann an alle und alles weiter, was sich in dem Garten aufhielt. Und wirklich - es ging ganz leicht und es machte auch noch Spaß!

Von diesem Zeitpunkt an wuchs unsere Zitrone anders als alle anderen Zitronen, sie wurde viel runder und sah eher wie ein goldener Ball aus. Eines Tages wurden alle Zitronen gepflückt – alle, die wie Zitronen aussahen.

Der Garten bereitete sich schon langsam auf den Winterschlaf vor, es kamen die ersten Herbststürme, doch eine Zitrone hing immer noch an dem Baum, nämlich unsere.

Eine Familie kam eines Nachmittags in den Garten, da bemerkte das Kind diese letzte Frucht. „Seht mal, da hängt ein goldener Ball im Baum!", rief es.

„Ach, das ist nur eine saure Zitrone und wahrscheinlich ist sie jetzt auch schon bitter", sprach der Vater.

Aber sie nahmen sie dennoch mit, da die Mutter meinte: „Für einen heißen Tee ist sie sicher noch zu gebrauchen."

Zu Hause spielte das Kind mit der Zitrone und fragte dann die Eltern: „Was ist sauer und bit-

ter?"

„Das kannst du gleich probieren", sagte die Mutter und schnitt die Zitrone auseinander. „Die schmeckt gut", sagte das Kind, nachdem es gekostet hatte. Die Mutter probierte ebenfalls und sie war überrascht. „Die ist ja richtig süß!"
Und so setzte sich die Familie gemeinsam hin und aß die ganze Zitrone auf.
„Sie schmeckt so richtig nach den Sonnenstrahlen an einem Sommertag!", sprach das Kind.
Die Eltern nickten, denn genauso war es.

80

Genau in diesem Moment kommt zwischen den dicken Schneewolken die Sonne hervor und schickt einen goldenen Strahl in die Höhle hinein. Die Feen begrüßen den Sonnenstrahl freudig und laden ihn ein, mit ihnen die nächste Geschichte zu genießen. Und der Sonnenstrahl verweilt, während die Fee der friedlichen Feste mit ihrer Erzählung beginnt.

Der Frosch im Schnee

Es war am Weihnachtsabend. Die Geschäfte waren längst geschlossen, alle Geschenke verpackt, alles war für das große Fest bereit. Überall brannten die Kerzen an den Christbäumen, aus manchen Häusern war festliche Musik zu hören, verlockende Düfte versprachen schmackhafte Speisen.

In der Stadt war Schnee gefallen, es war kalt, die Luft war klar, der Mond und die Sterne standen am Himmel. Endlich eine weiße Weihnacht - wie sehr hatte man sich das seit Jahren gewünscht!

Nun konnte der weihnachtliche Frieden endlich kommen.

In einem Mietshaus war allerdings nichts von diesem Frieden zu spüren. Ein Ehepaar stritt sich lautstark, sodass die Tochter, ihr Name war Marie, leise aus der Wohnung schlich und hinaus in den Schnee ging.

Alles war ganz ruhig und der Schnee knirschte unter ihren Füßen.

Sie blickte zu den Sternen und zum Mond hinauf und seufzte: „Ach, wenn ihr mir nur helfen könntet. Früher haben sich meine Eltern recht gut verstanden, aber seitdem Vater seine Arbeit verloren hat, lässt er an keinem ein gutes Haar. Alle anderen sind Nichtstuer, Taugenichtse und an seinem Unglück schuld. Vor allem meine Mutter!

Ich wünsche mir wenigstens heute einen ruhigen Abend!"

„He du, kannst du mir mal helfen?"

Marie blickte sich nach der Stimme um und sah mitten im weißen Schnee einen grasgrünen Frosch.

„Was machst du denn da?", fragte sie.

„Ich bin festgefroren, deshalb sitze ich hier und warte auf dich."

Marie ging zu dem Frosch hin und wollte ihn hochheben.

„Aua, du reißt mir ja meine Füße ab!"

Da kniete sich Marie nieder und wärmte mit ihren Händen den Frosch. Dann hauchte sie ihn an, schnell war er befreit und saß in ihrer Hand.

„Danke", sagte er, „das war Rettung in letzter Minute."

„Weißt du was", sagte Marie, „ich werde dich einfach mit nach Hause nehmen, vielleicht haben sich ja meine Eltern inzwischen beruhigt und wir bekommen etwas zu essen." Sie hielt den Frosch fest und hüpfte nach Hause. Die Eltern hatten noch gar nicht bemerkt, dass Marie fort gewesen war.

„Schaut mal, was ich euch mitgebracht habe!", rief Marie. Sie streckte die Hand aus und öffnete sie.

Vater und Mutter blickten darauf und sahen sich dann an.

„Das ist wieder einer von Maries Scherzen",

sagten sie. „Wir können nichts sehen."

„Was, ihr seht den Frosch nicht?", fragte Marie. Der Frosch schaltete sich ein: „Sie sehen mich deshalb nicht, weil sie blind vor Wut und Angst sind. Da gibt es keinen Platz für die wichtigen Dinge im Leben, wie zum Beispiel für mich."

„Aha, dann können sie dich wohl auch nicht hören?"

„Mit wem sprichst du, Marie?", fragte die Mutter. Die Eltern sahen etwas schuldbewusst aus. Kommt es doch nicht jeden Tag vor, dass ein Kind unsichtbare Tiere sieht und mit ihnen spricht - und gerade am Weihnachtsabend! Vielleicht hatten sie sich doch nicht genug um Marie gekümmert.

„Bitte doch deinen Vater, dass er das alte Märchenbuch aus seiner Kindheit vom Speicher holt und daraus vorliest. Und von deiner Mutter wünsche dir die leckeren Bratäpfel, die sie früher immer gemacht hat, die schmecken mir nämlich auch! Und dann setzen wir uns alle miteinander gemütlich in die Küche", sagte der Frosch.

Marie bat ihre Eltern um Märchenbuch und Bratäpfel. Diese zögerten erst, doch dann liefen sie los. Immerhin war ja Weihnachten und beide hatten ein schlechtes Gewissen. Der Vater kramte auf dem Dachboden herum und als er herunter kam, da brachte er den Mieter mit, der über ihnen wohnte.

„Na ja", sprach der Vater, „wir haben uns oben

getroffen und alleine ist ja Weihnachten nicht so toll, da habe ich Herrn Friedrich einfach mitgebracht."

Die Mutter sah überrascht aus, da der Vater sich sonst immer über Herrn Friedrich und sein scheußliches Gefiedel aufregte.

„Äpfel haben wir genug, kommen Sie ruhig herein." So sprach sie und höhlte weiter die Äpfel aus.

„Er soll seine Geige holen und eine Kerze mitbringen", sagte der Frosch zu Marie.

„Mein Frosch hat gesagt, Sie möchten bitte ihre Geige holen und eine Kerze mitbringen."

Herr Friedrich stutzte, eigentlich konnte er Kinder überhaupt nicht ausstehen. Aber war es nicht ein besonderer Abend? Er konnte sich gar nicht mehr erinnern, mal irgendwann eingeladen gewesen zu sein, geschweige denn an Weihnachten!

„Wenn dein Frosch das sagt, dann werde ich das wohl tun müssen", sprach er und verschwand aus der Wohnung.

Als er wiederkam, da brachte außer der Geige und der Kerze auch noch Fräulein Müller von nebenan mit.

„Entschuldigen Sie", lispelte Fräulein Müller, „Herr Friedrich war so frei, ich wollte sagen, er hat mich einfach mitgenommen, aber wenn ich störe, dann gehe ich gleich wieder!"

„Haben Sie denn einen Weihnachtsbaum?", fragte Marie.

„Nein, weißt du, für mich allein lohnt sich das nicht." Fräulein Müller stand immer noch unschlüssig da und blickte verlegen zu Boden.

„Sag etwas und lade sie ein", sprach der Frosch zu Marie, „aber sie soll eine Kerze und einige von ihren leckeren Zimtsternen holen."

„Natürlich können Sie bleiben und mit uns feiern! Aber bitte holen Sie noch eine Kerze und ein paar von Ihren guten Zimtsternen", sprach Marie.

„Woher weißt du denn von meinen Zimtsternen?", wunderte sich das alte Fräulein und errötete leicht. Dann ging sie eilig hinaus und kam bald mit einer weißen Kerze und einem großen Teller voller Zimtsterne zurück.

Nun war die kleine Küche voller Menschen. Der Vater hatte sich mit allem abgefunden und war bereit, ein Märchen vorzulesen. Die Mutter brutzelte die Bratäpfel und wärmte den Glühwein. Sie war ganz aufgeregt. Schon ewig hatten sie keine Gäste mehr gehabt, da ihr Mann immer meinte, alles sei so teuer und mache zuviel Arbeit.

„Nun können wir beginnen", sagte der Vater.

„Nein, nein", sprach der Frosch, „die Familie von unten fehlt noch."

Als Marie das den Eltern sagte, da war es ihnen doch zuviel. Auch Fräulein Müller und Herr Friedrich waren dagegen.

„Man weiß ja nicht, ob diese Ausländer nicht

unter sich sein wollen." „Außerdem ist die Frau schwanger, da geht sie sowieso nicht weg."„Überhaupt riechen die immer so nach Knoblauch." „In unserer Küche ist auch gar kein Platz mehr."

So schwirrten die Stimmen durcheinander.

„Ist Weihnachten nun ein Fest des Friedens und der Liebe oder nicht?", fragte Marie.

Betreten schwiegen die Erwachsenen und schauten sich an.

„Nun denn, Marie, dann geh du und lade die Ausländer ein." So sprach die Mutter und sah ihren Mann etwas ängstlich an. Doch der war in sein Märchenbuch vertieft und brummte: „Ist doch egal, ein paar mehr oder weniger."

Herr Friedrich stimmte seine Geige und Fräulein Müller begann, ein Weihnachtslied zu summen.

Es dauerte einige Zeit, da kamen die Bewohner von unten herauf, mit einer Kerze, einem großen Korb mit allerlei köstlichem Essen und einem kleinen Bündel. Es war ein neugeborenes Kind, ein kleiner Junge!

Herr Hassan bedankte sich tausendmal für die Einladung, auch im Namen seiner Frau.

„Wissen Sie, es ist schon schwer genug in einem fremden Land, weil wir oft die Ablehnung spüren. Aber an Weihnachten, da ist es ganz besonders einsam und meine Frau hatte gerade geweint, als Marie kam. Vielen Dank Ihnen allen!"

Er packte seinen großen Korb aus und lud alle

ein zuzugreifen. Es wurde ein herrliches Fest!

Herr Friedrich fiedelte, was das Zeug hielt, Fräulein Müller sang in den höchsten Tönen, der Vater las Märchen vor, die Mutter erzählte, wie sie ihren Mann kennen gelernt und sich verliebt hatte, Herr Hassan erzählte von alten Bräuchen aus seiner Heimat und seine Frau wiegte ihren Sohn in ihren Armen.

„Na endlich", quakte der Frosch, „ihr Menschen seid aber auch zu kompliziert." Er saß mittlerweile auf dem Tisch, hüpfte von einem Leckerbissen zum anderen und ließ es sich gut gehen.

In der kleinen Küche war es warm, gemütlich und friedlich. Marie staunte, wie glücklich alle aussahen.

Am Schluss sangen alle gemeinsam „Stille Nacht, Heilige Nacht." Und es war gut, dass im Zimmer nur die Kerzen brannten, denn so manche Träne rollte über die Wangen.

Dann verabschiedeten sich alle und versicherten sich immer wieder, dass dies das schönste Weihnachtsfest ihres Lebens gewesen sei.

Als Marie sich umblickte, war der Frosch verschwunden, aber sie wusste ganz genau, dass er immer für sie da sein würde!

Der Sonnenstrahl bedankt sich für diese schöne Geschichte und wandert weiter. Es ist bald Abend und da fliegt er mit seinen Brüdern nach Hause zurück.

„Nun gut", räuspert sich die älteste Fee, „jetzt bist du an der Reihe!" Sie wendet sich der 13. Fee zu und alle sehen erwartungsvoll zu ihr hin.

Die 13. Fee nimmt einen kräftigen Schluck aus dem Goldkelch und sieht sich in der Runde um: „Wisst ihr, ich habe es mir überlegt. Ich denke, meine Geschichte passt doch nicht so recht hierher. Sogar ich kann auf meine alten Tage dazulernen, ob ihr es glaubt oder nicht. Meinen Mund zu halten, na ja, das fällt mir schon schwer. Jedenfalls möchte ich meiner jüngsten Schwester für ihre Nachsicht danken! In sieben Jahren komme ich zum nächsten Treffen wieder, dann könnt ihr meinen Erzählungen lauschen! Bis dahin: Salü!"

Und damit fliegt sie aus der Höhle.

Die anderen Feen baden zum Abschluss noch einmal in den violetten Kristallstrahlen. Dann verneigen sie sich voreinander und verabschieden sich mit ihrem traditionellen Gruß:

„NAMASTE"

Sie fliegen ein letztes Mal durch die Höhle, verteilen überall ihren Glitzerstaub, danken den Feuerzwergen und sind mir nichts, dir nichts in der

Anderwelt verschwunden. Das Klingeln der Glöckchen verhallt leise.

Der Rabe niest kräftig und denkt sich:
„NAMASTE!...
...Das Licht in mir grüßt das Licht in dir.
Wirklich schlau sind die, diese Glitzerwesen aus dem Land der Ewigen Jugend. Und hübsch anzusehen, auch die Geschichten waren recht interessant. Das ist doch mal was anderes, da werde ich in sieben Jahren wieder zuhören."

Er streckt seine Flügel, krächzt laut und fliegt aus der Höhle zurück auf seinen Lieblingsbaum.

 **Herzlichen Dank allen, die mir geholfen haben, sei es mit Rat und Tat oder in Gedanken!**

Bilder:

Seite 7: Winter im Bayerischen Wald
Seite 10: Fanesbach, Südtirol
Seite 20: Regenbogen im Ilmensee, Russland
Seite 23: Baum im Grünwaldtal, Südtirol
Seite 25: Garten im Regen, Igelsdorf
Seite 30: Tuch im Schnee, Fichtelgebirge
Seite 37: Roseninsel Wilhelmshöhe, Kassel
Seite 41: Hütte am Peitlerkofel, Südtirol
Seite 51: Baum mit Herz, Fränkischer Jakobsweg
Seite 56: Vollmond, Foto: Johannes Schedler
(www.panther-observatory.com)
Seite 63: Löwenburg, Kassel
Seite 74: Komet Ikeye-Zhang
Foto: Philipp Keller (www.astrophysik.com)
Christian Fuchs
Seite 80: Zitronenbaum in Igelsdorf
Seite 88: Kerzen in Igelsdorf

Umschlag: Orionnebel M42
Foto: Philipp Keller (www.astrophysik.com)
Christian Fuchs